翻開書　你就打開一道光
那是字與字磨擦出的歌聲
捧著書　你就捧著這道光

歡迎光臨
詩的小宇宙

陽光 空氣 花和水

林世仁◎文
唐唐◎圖

目錄

二 春夏秋冬的輪旋曲

春天的尾巴／秋天／夏天的催眠曲／
哈啾哈啾歌／謝謝春天／啊！夏天／
秋天的祕密／冬天的訪客／
四季的頭髮／四季猜想／
四季的風／一天裡的四季

三　城市奏鳴曲

四 宇宙呼拉圈

地球保母／星星牧童／星雲／
宇宙呼拉圈／地球的影子／
宇宙媽媽／飄浮空中的海洋

一　地球花園

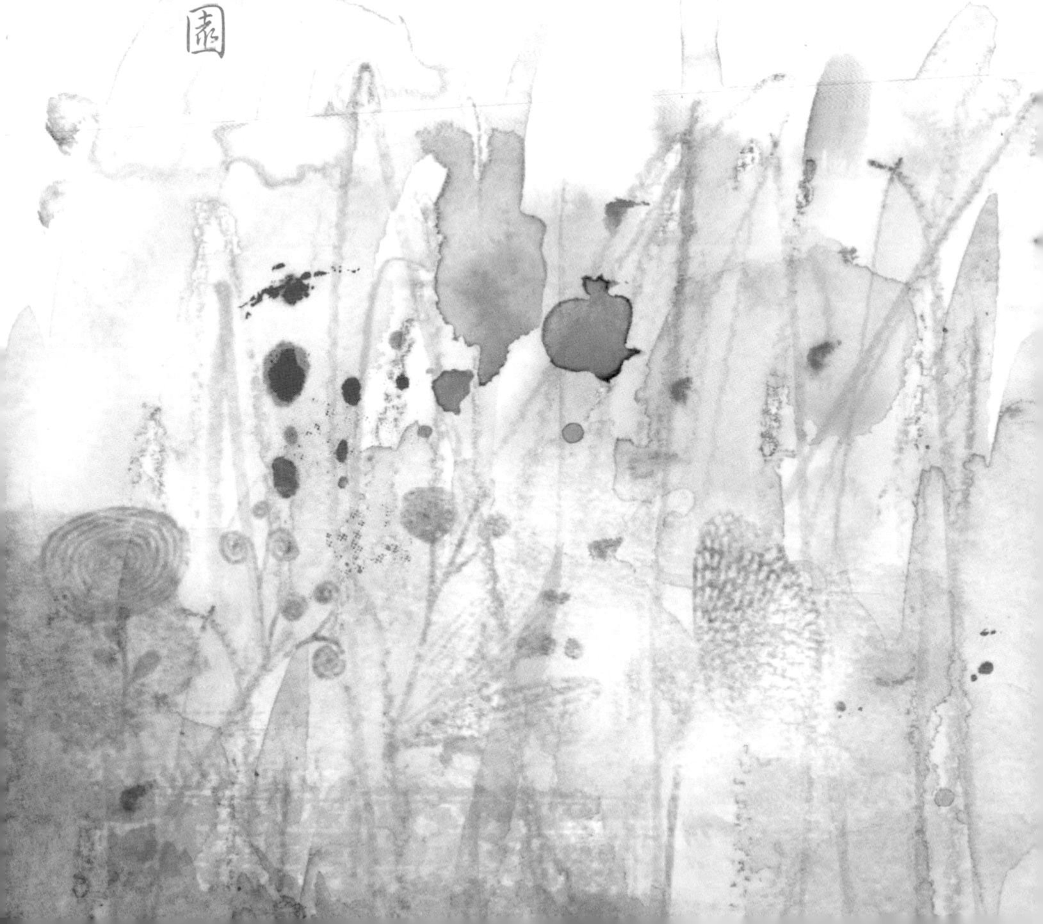

石頭的魔法

石頭有兩種
會發光的
不會發光的

會發光的　如鑽石
不會發光的　像行星

鑽石不知道自己小
不斷壓縮自己　壓縮出最璀璨的光

行星不知道自己大
只是不停轉動
轉出了生命
轉出了陽光　空氣　花和水

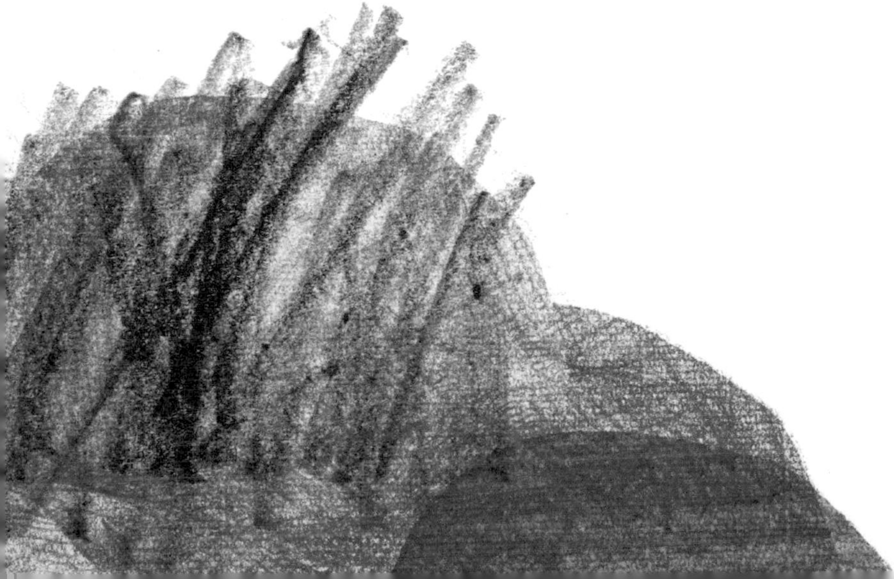

彩虹

雨停了　彩虹出來了
紅綠燈興奮得直眨眼睛
聽……他們在說：
「手牽手的樓房眞好看！」

戶外課

雲老師來巡堂了
滿山的蟬
怕被抽考
一隻隻都扯開喉嚨
大聲喊：「知了！知了！」

鳥

夏天的小扇子
「啪！啪！啪！」
飛過小溪

小溪眨眨眼睛：
「好涼快啊——
還要！還要！」

蝴蝶

大大小小的郵票
一張張
落在花心上
想把春天打包
寄到遠方去呢！

雲

一朵雲
把天空擦得藍藍的
把湖水擦得藍藍的
把躺在湖邊看天空的小水鴨
一雙好奇的小眼睛
也擦得藍藍的

數星星

天上的星星
一閃
一閃
眨著眼睛
是不是在數
地上有幾個
數星星的人？

禮物

蝴蝶飛過草地
採一點青
採一點綠
蜜蜂飛過花叢
採一點香
採一點柔
蝴蝶飛過
公車的耳畔

蜜蜂飛過
大樓的眼眸
送來一點
青草的綠意
送來一點
花香的溫柔

雨腳

雨腳鑽進大海裡
雨腳鑽進沙漠裡
雨腳鑽進鄉村裡
雨腳鑽進都市裡
雨腳在找它的鞋子呢！

雨腳鑽進湖心裡
雨腳鑽進花叢裡
雨腳鑽進人群裡

雨腳鑽進樓房堆裡
哇——
雨腳哭得好傷心
雨腳找不到它的鞋子呢！

水底的雲

一朵雲
躺在水中央
小魚穿來穿去穿不透
「咦，好奇怪的棉花糖？鑽來鑽去吃不到！」
雲在水底偷偷笑

小鴨踩著水花划過來
「哇，好美麗的雪花紙，我來練習寫寫字！」
雲在水底嘻嘻笑

螃蟹喀擦喀擦爬過來
「哈！好暖和的棉絮絮、好漂亮的棉絮絮，
我來剪一塊做大棉襖！」

水中央
一朵雲
匆匆忙忙跳起來
「咻！」的一聲逃跑了

看海

我在山腳下看海　海像一位快樂的歌手
我在山腰上看海　海像一片明朗的琉璃
我在山頂上看海　海像一面開闊的鏡子
無論我站在哪裡
海總是那麼快樂　明朗　開闊

不知道　陸地上的我
看在大海的眼睛裡
是不是也是一樣的快樂　明朗　開闊？

浪花

獻給全世界的花——
是從海中央　最藍最藍
　最深最深的　心窩處
漾出來的喲！

那心花一怒放啊！
就一獻千里
把全世界的海岸線
　都連成
手牽手的大花盤

感謝生命

我送你一朵花　你送我什麼？
「謝謝！」
我送你一陣風　你送我什麼？
「謝謝！」
我送你一座山　你送我什麼？
「謝謝！」
我送你一片海　你送我什麼？

「謝謝！」
我送你陽光和小雨　你送我什麼？
「謝謝！」
啊，有人好匆忙——
連謝謝都忘了說呢！

世界上的海洋

森林裡有一片綠色的海洋
淡綠　青綠　濃綠　層層疊疊
陽光一來　便閃動起點點波光

沙漠裡有一片黃色的海洋
微黃　鵝黃　土黃　高高低低
風一來　便吹出大大小小島嶼

天空上有一片藍色的海洋

淺藍　深藍　湛藍　無邊無際
雲一來　便掀起千朵萬朵浪花

大海裡有一片神祕的海洋
有時綠　有時黃　有時藍
夢一來　就嘩啦嘩啦
走進森林　沙漠和天空

聽！全世界的海螺
都在吹奏海洋的大合唱

誰和雨水爽了約？

是誰約了雨水到地上玩
又迷迷糊糊爽了約？

瞧
雨水嘩啦嘩啦哭得好傷心
東邊一個窟窿　西邊一個窟窿
大大的淚珠在地上汪汪的流

來
穿好雨衣　套上雨鞋

我們一塊到窗外去找雨水玩
踩踩水窪
跳跳水花
聽
雨水嘻瀝嘻瀝笑得多開心！

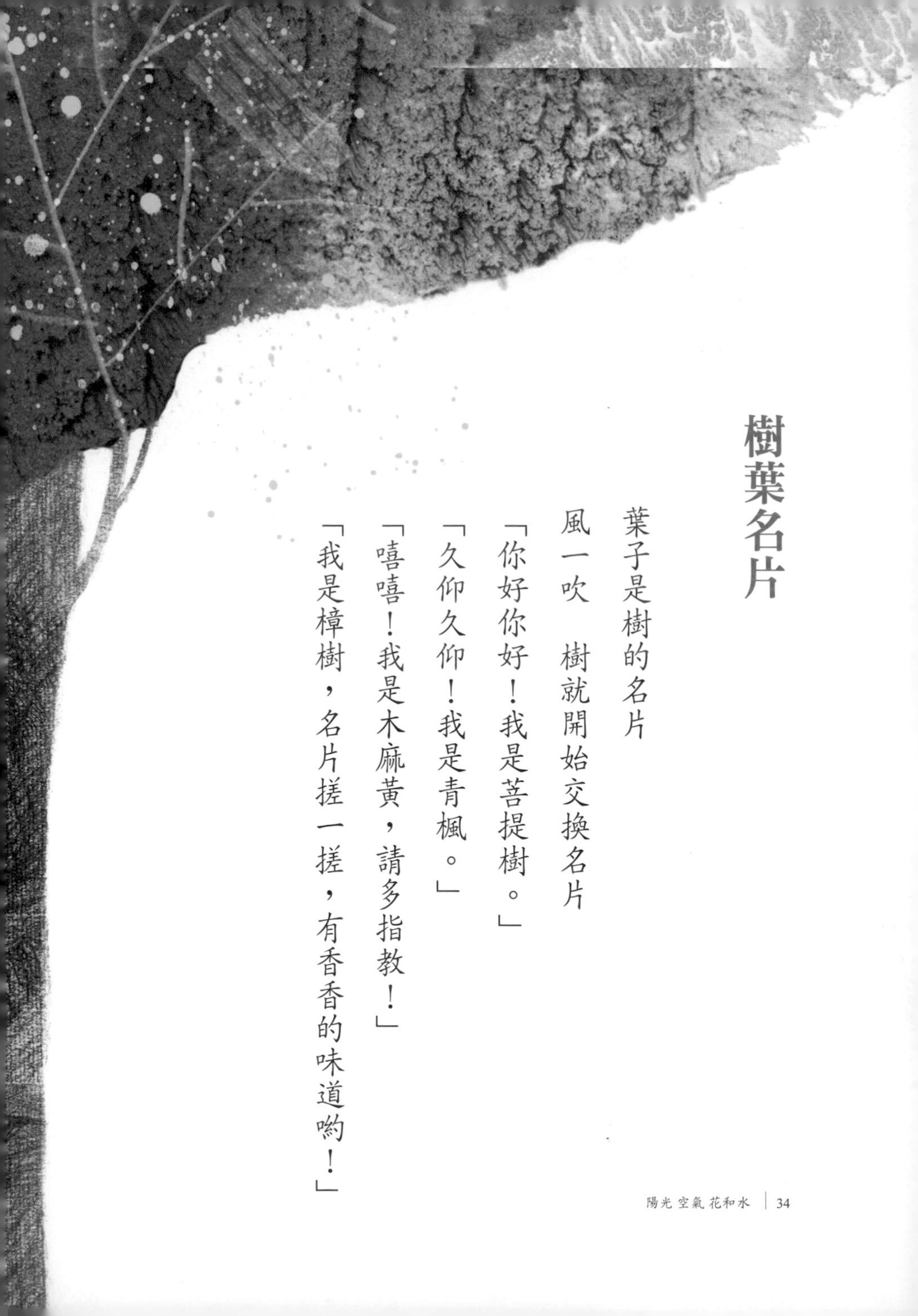

樹葉名片

葉子是樹的名片
風一吹　樹就開始交換名片
「你好你好！我是菩提樹。」
「久仰久仰！我是青楓。」
「嘻嘻！我是木麻黃，請多指教！」
「我是樟樹，名片搓一搓，有香香的味道喲！」

看！大大小小的名片在空中飄
心形的名片好漂亮
手掌大的名片容易臉紅
細細長長的名片灑了一地
嗯　香香的名片好特別
……

螞蟻收到樹的名片
　拿回家當棉被
紡織娘收到樹的名片
　帶在身上當雨傘
路過的小孩也拾起一片
　夾在書裡當書籤
獨角仙不識字　收到樹的名片
「喀滋！喀滋！嗯……好吃！好吃！」

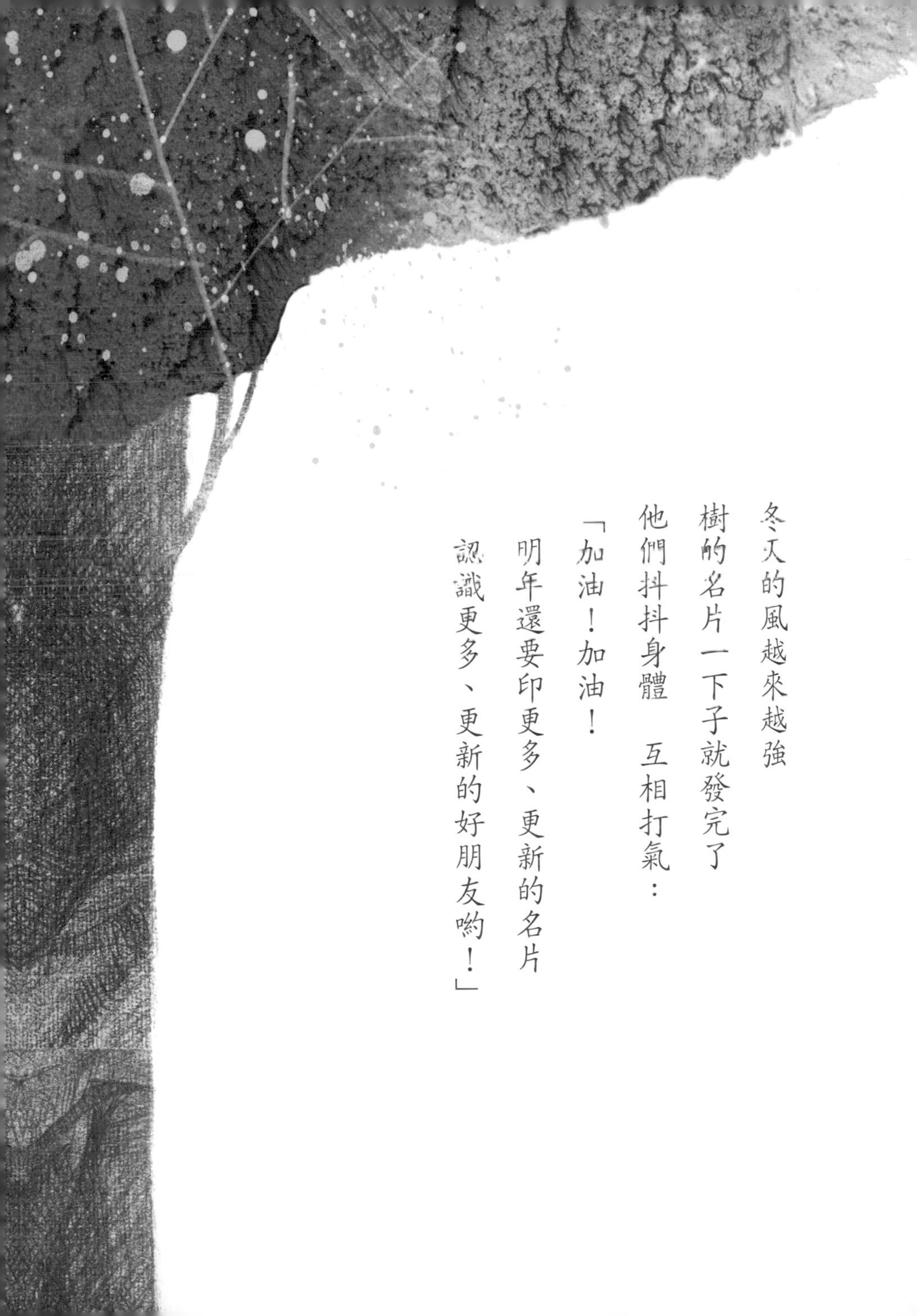

冬天的風越來越強

樹的名片一下子就發完了

他們抖抖身體　互相打氣：

「加油！加油！

明年還要印更多、更新的名片

認識更多、更新的好朋友喲！」

沙灘上的音符

夕陽下
一群水鳥飛下來
在沙灘上
站成一顆顆
　黑黑的
圓圓的
　動來動去的音符
上上下下
　左左右右

跳來跳去……

一隻鳥說：「別搞錯，我不是Do！」

另一隻鳥說：「我不是Re！」

又一隻鳥說：「我也不是Mi！」

「別叫我Fa！」

「我不認識Sol！」

「我不懂La！」

「Si是啥？」

眞好！眞好！
完全不懂Do Re Mi Fa Sol La Si的沙灘
也完完全全明白牠們在唱什麼
牠們飛上　飛下
點點頭　甩甩腳

伸伸脖子
　就唱出一首一首
高高　低低
　揮揮翅膀
　　收收翅膀的
　夕陽之歌

就連看不懂五線譜的夕陽
也點著頭　聽得暈陶陶
紅了臉　跟海面上的自己
親了親嘴……

地球花園

地球是一座大花園
好多農夫在上頭忙來忙去
小河唏哩嘩啦
種出一片一片大海
雨滴淅瀝淅瀝
種出一圈一圈小湖
小鳥啣來種子
種出一棵一棵大樹

人類灑下磚瓦
種出一棟一棟樓房
「加油！加油！要種得漂亮一點喲！」
雲在天空上
一邊幫大家打氣
一邊在地上
種出一朵一朵
美麗的雲影子

世界上的月亮

誰說月亮只有一個？

你看

湖裡的月亮　胖胖的
海上的月亮　會跳舞
水溝裡的月亮　臭臭的
水泥地上的月亮　會隱形
字典裡的月亮　沒有圓缺
你眼裡的月亮　會唱歌

二　春夏秋冬的輪旋曲

春天的尾巴

春天的尾巴在哪兒呢？
燕子在空中飛來飛去：
「在這裡！在這裡！」
猴子倒掛在樹上嘻嘻笑：
「在這裡！在這裡！」
小狗追著自己的尾巴汪汪叫：
「在這裡！在這裡！」

「在這裡！在這裡！」
蕨類吐出捲捲的新芽
「在這裡！在這裡！」
水仙伸出嫩綠綠的細葉
「在這裡！在這裡！」
滿山的小草用力搖擺著身體
「在這裡！在這裡！」
白雲變得又細又長

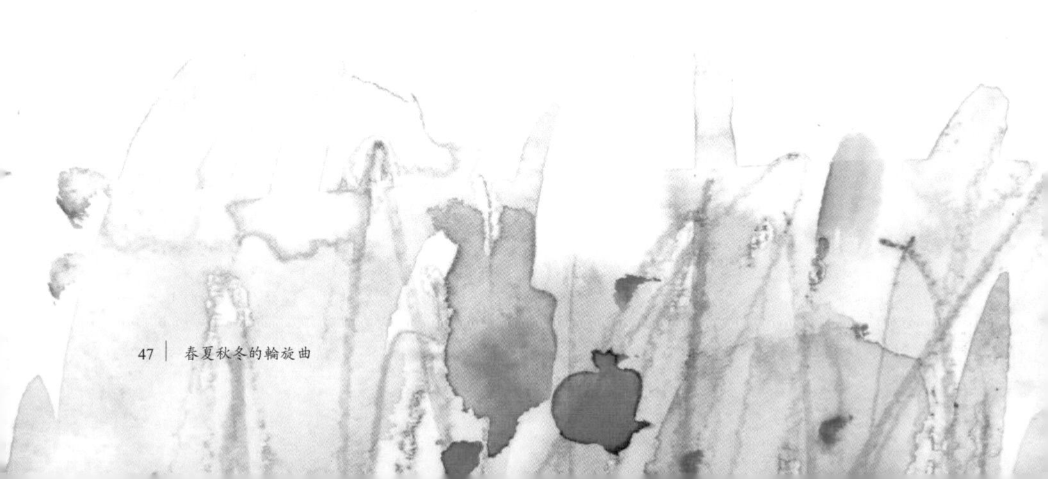

「在這裡！在這裡！」
風箏拉長了線　飛上了天

小妹妹追著風箏
一邊跑　一邊盪起小辮子
我跟在後頭追啊追
　一伸手——
「哈，我捉到春天的尾巴了！」

秋天

秋天的天空長得好高
風箏跑得氣喘吁吁
才將小草的悄悄話
傳到白雲的耳朵邊

夏天的催眠曲

藍藍天　白白雲
島在海上睡著了
一座島　兩座島
樹在島上睡著了
一棵樹　兩棵樹
風在樹上睡著了

一陣風　兩陣風
夢在風中睡著了

睡著的夢裡
兩根小羽毛
牽起白鳥的夢
輕輕飛向海洋

哈啾哈啾歌

冬天的風愛跟人打招呼
它不說早安
它說：「哈啾！哈啾！」
它不說午安
它說：「哈啾！哈啾！」
它不說晚安
它說：「哈啾！哈啾！」

風啊風
請你別再讓我
「哈啾！哈啾！」

謝謝春天

謝謝春天
爲大地鋪上青青的草浪
謝謝春天
爲山坡燃起點點的花火
謝謝春天
爲小河送來嘩啦啦的歌聲……

「嘿，在說什麼呢？」
媽媽搖搖頭：
「應該這麼說——
謝謝春天
不然，冬天直接連上夏天
厚大衣一下換成短袖子
哇，我那一衣櫥的春裝可怎麼好？」

啊！夏天

十個太陽擠進我的小腦袋
每天清晨
它們跟我一塊起床
五個在我左邊太陽穴裡做早操
五個在我右邊太陽穴上射飛鏢
白光陣陣
瑞氣千條
害我以為自己得了白內障

中午　它們在我頭頂集合開舞會
踢躂躂！躂躂踢！
順便唱歌抽籤選大王
害我出門腦袋亂轟轟
過馬路分不清楚南北和西東

下午　它們在我血管裡頭玩衝浪
五臟六腑不放過
四肢百骸都溜遍
害我目露金光　口吐焚風
汗箭滴傷一百零八隻好漢蜜蜂

它們這樣還不夠
天天到我夢裡踢躂踢
夜夜好夢變沙漠
這樣下去怎得了？
只好網路登廣告：
「誠徵射日英雄
能彎弓、擅滅火
自備太陽眼鏡
若不是人稱大俠后羿
最好姓秋名天」

秋天的祕密

芒草×芒草×芒草＝山神在梳祂的白鬍鬚

紅葉＋紅葉＋紅葉＝樹姑娘要出嫁嘍！

藍藍天＋涼涼風＝良辰吉時好日子

秋蟬＋蟋蟀＋螢火蟲＝賓客獻唱加獻舞

紅葉＋小溪＋遠山＝樹姑娘和山神去度蜜月啦！

冬天的訪客

是雨的親戚吧？
一樣從天空落下來
卻好害羞啊！
只落在高高的山上
還只在冬天悄悄的來……

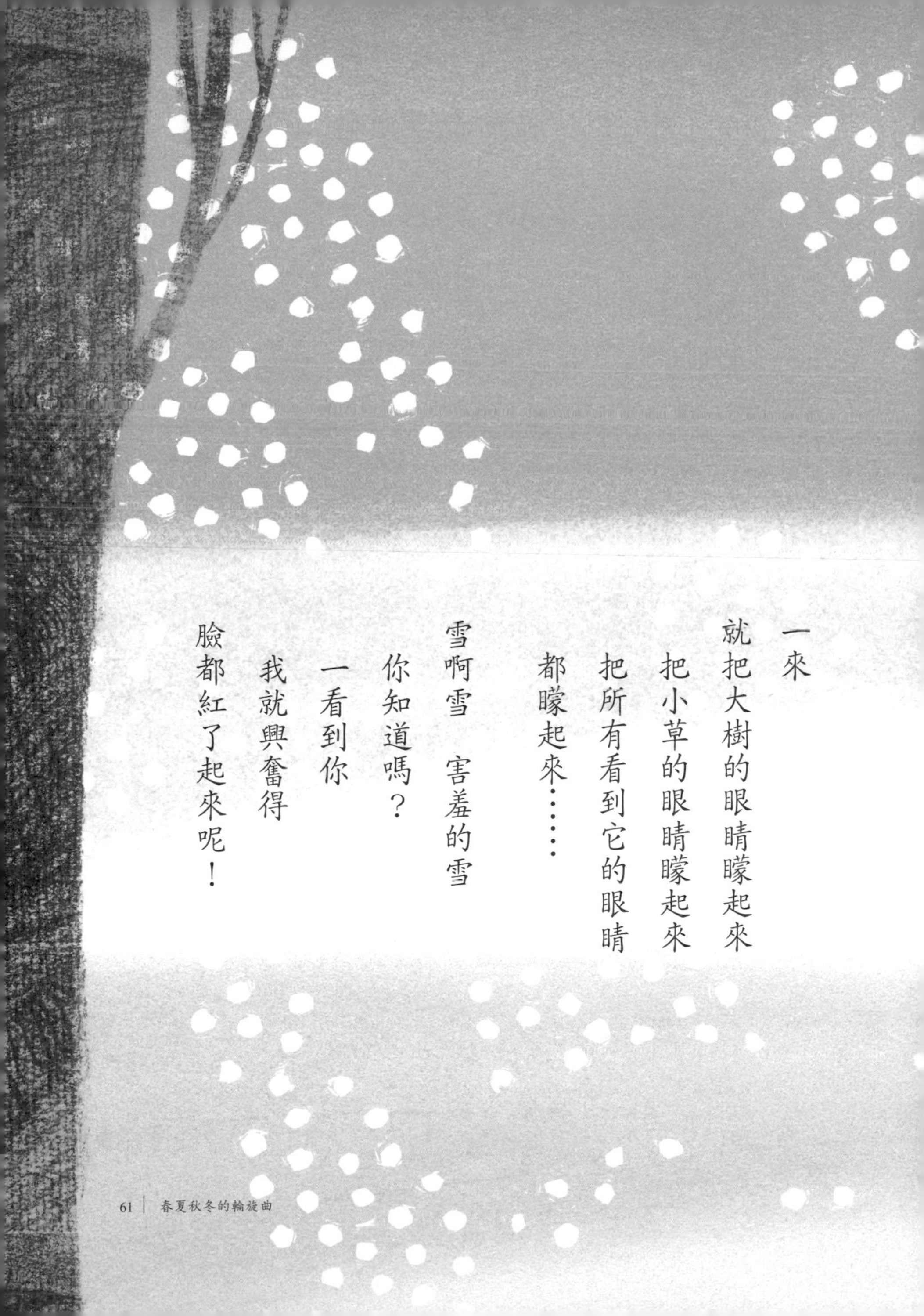

一來
就把大樹的眼睛矇起來
把小草的眼睛矇起來
把所有看到它的眼睛
都矇起來……

雪啊雪　害羞的雪
你知道嗎？
一看到你
我就興奮得
臉都紅了起來呢！

四季的頭髮

夏天的頭髮是西北雨
又急又長　還會唱歌
太陽一出來　就被剪掉！

秋天的頭髮是飛上天的風箏
「咻！咻！咻！」在天空上比高
看誰長得最長——

冬天的頭髮是山頂上的白雪
涼冰冰　冷颼颼

最喜歡滑雪板幫它梳梳頭！
春天的頭髮是冒出來的小青草
踮起腳尖　挺起腰　一散千里……
聽　它們在說：
「還是短短的頭髮最好看！」

四季猜想

冬天的清晨
躲在霧裡的茶花
是想給晨跑的人一個驚喜嗎？

春天的中午
花園裡的蝴蝶
是在尋找去年最美的那朵花嗎？

夏天的午後
突然落下的大雷雨
是想嚇醒打瞌睡的風鈴嗎？

秋天的夜裡
不睡覺的星星
是在數人們夢裡的夢嗎？

四季的風

夏天的風
是從吹風機裡吹出來的
你看　它把弟弟的汗都烤出來了！
秋天的風
是從衣櫥裡吹出來的
你看　它把媽媽的袖子都吹長了！
冬天的風

是從冰箱裡吹出來的
你看　它把爸爸的鼻頭都凍紅了！

春天的風
是從口哨裡吹出來的
你看　它把我的心都吹到戶外去了！

一天裡的四季

清晨的陽臺是春天
中午的馬路是夏天
夜晚的星空是秋天
半夜的窗外是冬天

春天　看得見遠方
夏天　吵吵的
秋天　會眨眼睛
冬天　在被子外面

三 城市奏鳴曲

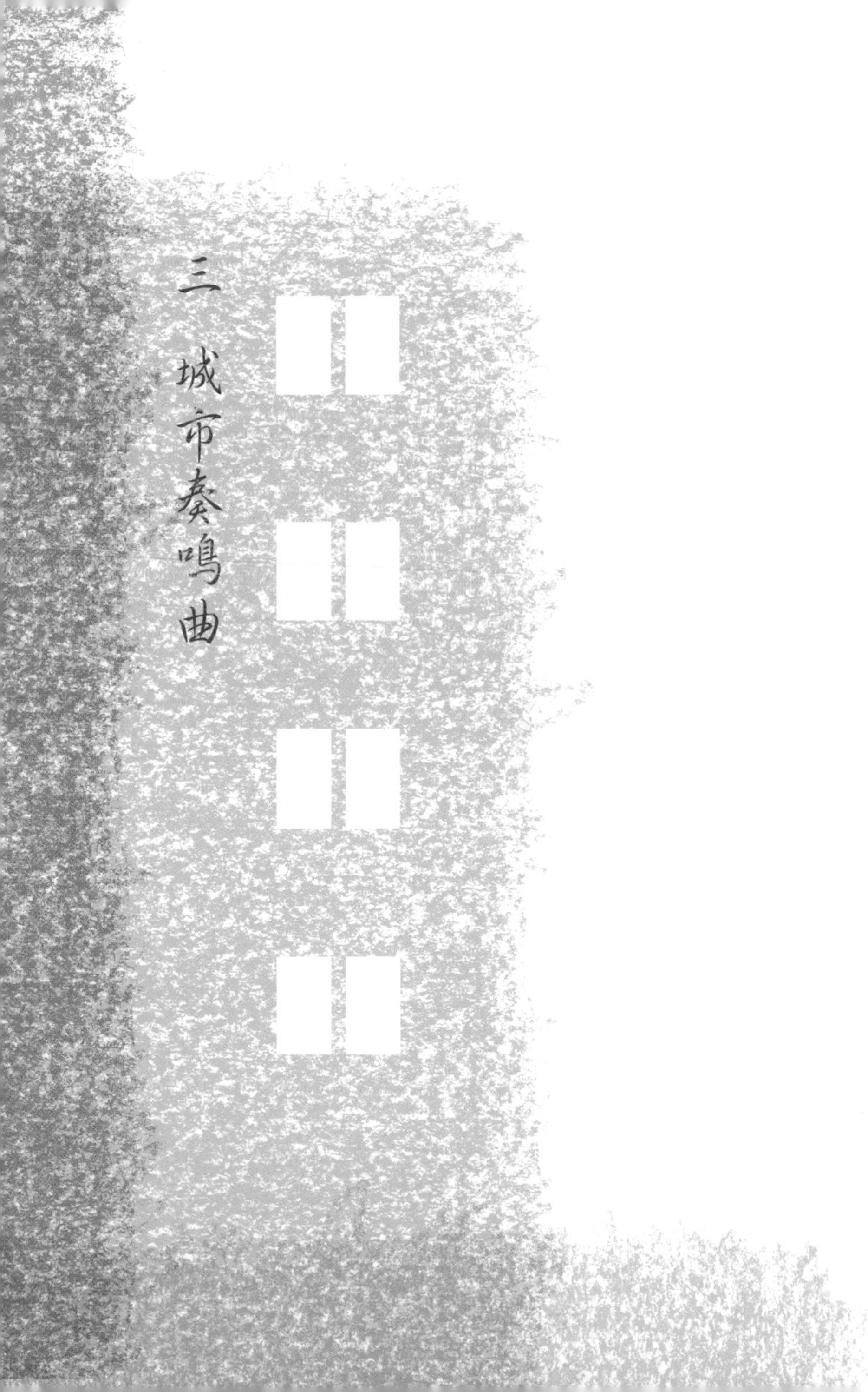

造馬路

好奇妙啊！我在紙上寫：
一條凹凹凸凸的馬路
好像就眞的看見
一條坑坑疤疤　起伏不平的馬路

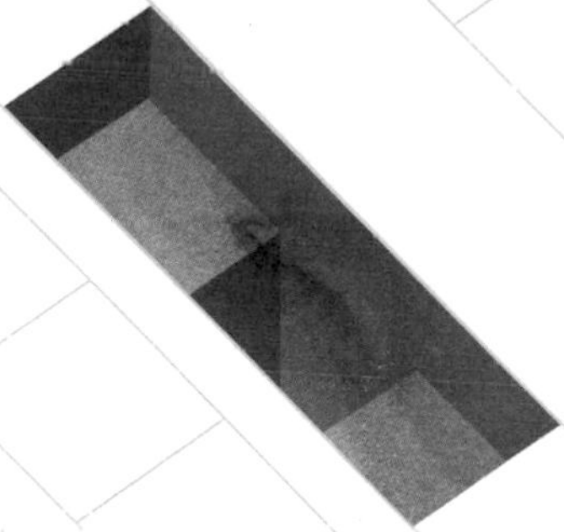

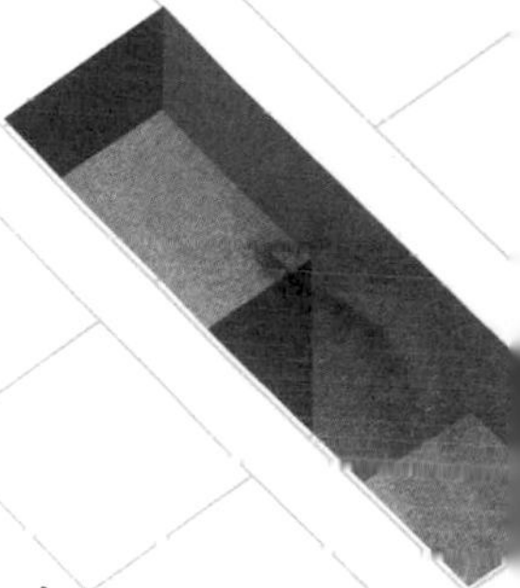

我繼續寫：

凹凹凹凹凹凹凹凹凹凹凹凹

一整條都是坑坑洞洞的馬路！

凸凸凸凸凸凸凸凸凸凸凸凸

一整條都是大大小小石頭的馬路！

我繼續在紙上造馬路：

凹凹凸凸凹凹凸凸凹凹凸凸

凸凸凹凹凸凸凹凹凸凸凹凹
凹凸凹凸　凸凹凸凹　凹凸凹凸
凹凹凸　凸凸凹　凸凹　凹　凹
凹凹　凸凸　凹凸　凹　　凸

啊　眞希望這些凹凹凸凸的馬路
只在我的紙上出現……

星期天的早晨

鳥在哪裡？
鳥在公園裡飛來飛去

狗在哪裡？
狗在草地上跑來跑去

魚在哪裡？
魚在水池裡游來游去

我在哪裡？
我在爸爸肩上玩騎馬打仗！

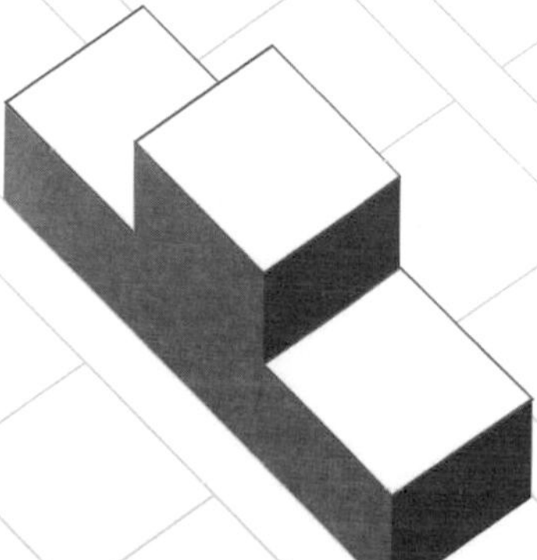

城市裡的風

城市裡的風　常常被困住

困在時鐘裡　它學會數數
困在書包裡　它學會冬眠
困在抽屜裡　它學會打瞌睡
困在汽車裡　它學會繫安全帶
困在捷運上　它學會跟著走……
困在大樓裡　它學會搭電梯
困在大街上　它學會看紅綠燈
困在辦公室裡　它學會原地打轉

困在電影院裡　它學會暫時停止呼吸
困在補習班裡　它學會緊張——
「啊，我還有好多東西要學！」

城市裡的風
吹過來　趕過去
匆匆忙忙　繼續上著
城市的課……

太陽下山

黃昏了
太陽想下山——
咦　山在哪裡？
太陽瞪大了眼睛　找不到山
高架橋對太陽招招手：
「來我這！來我這！」
太陽搖搖頭
（「太陽下高架橋」？多奇怪！）

廣告看板對太陽招招手：
「來我這！來我這！」
太陽搖搖頭
（「太陽下廣告看板」？又不是要登廣告！）
水塔對太陽招招手：
「來我這！來我這！」
太陽搖搖頭
（「太陽下水塔」？又不是要洗熱水澡！）

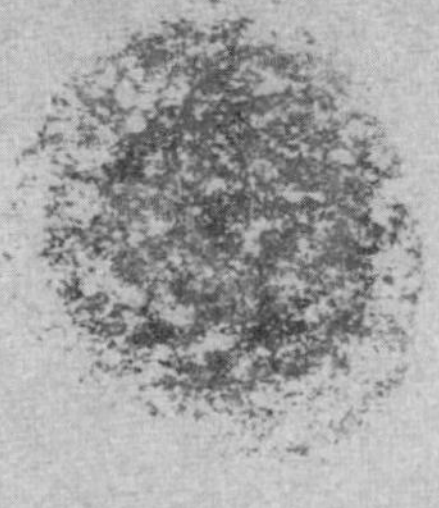

摩天輪　停車塔　電線桿……
一個接一個搶著向太陽招手：
「來我這！來我這！來我這……」
太陽不斷搖頭　一直搖頭
搖得頭昏腦脹　搖得滿臉通紅……
啊　忍不住了……忍不住了……
忍——不——住——了——
咚！
太陽掉進樓房堆裡

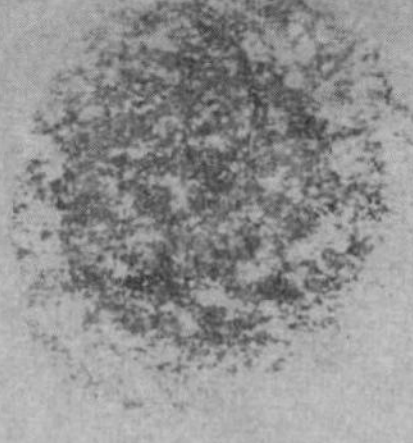

河堤

怕河長高
一路哄著河
陪著河
就怕河看見
堤外的風景

垂釣朋友

河堤上的路燈
在夜裡
把長長的影子投進河裡
「有誰願意上來，
陪我聊聊天？」
好心的魚聽見了
游上來說河底的故事
月亮瞧見了
也跳下來　靜靜的聽

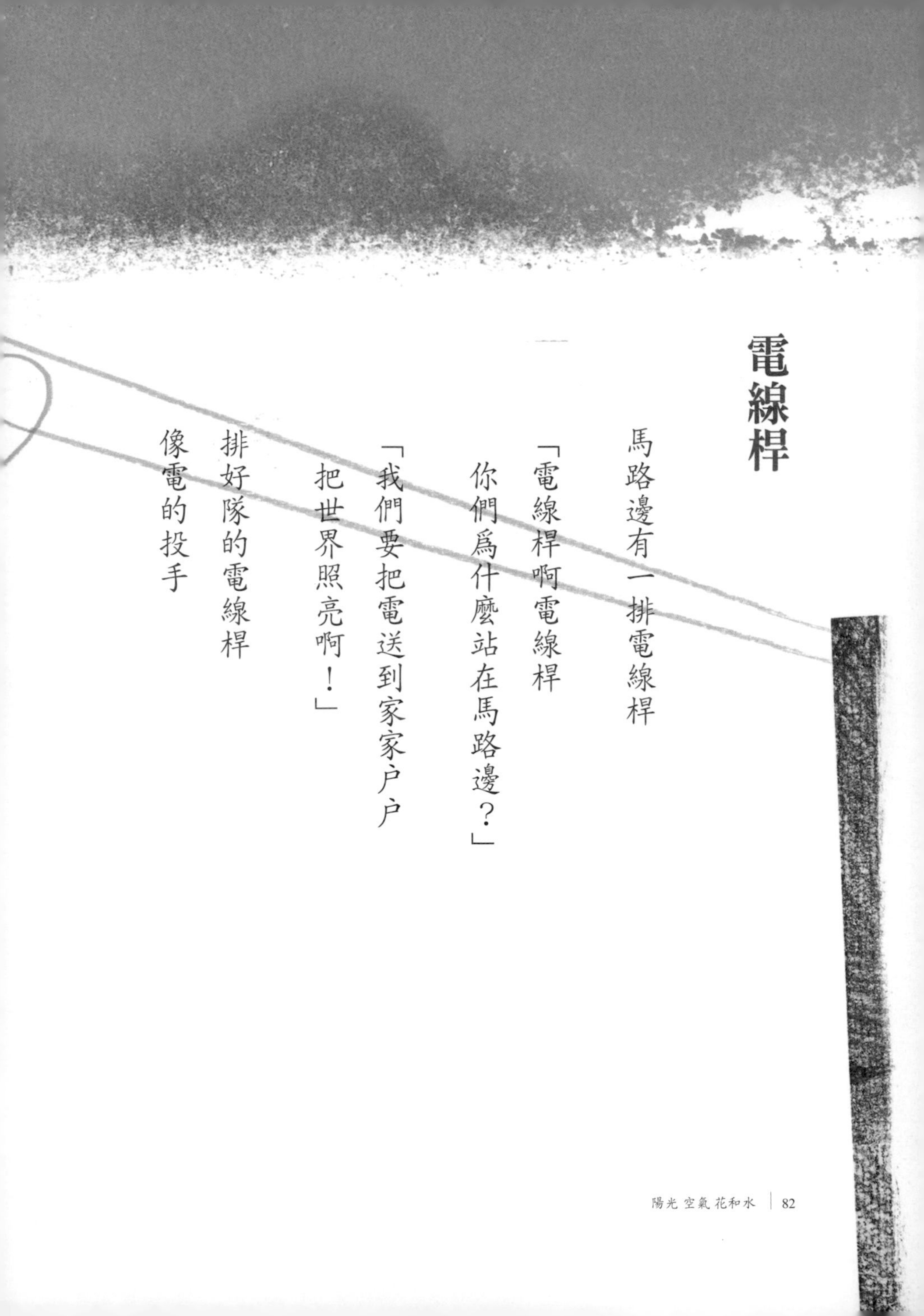

電線桿

馬路邊有一排電線桿
「電線桿啊電線桿
你們爲什麼站在馬路邊？」
「我們要把電送到家家戶戶
把世界照亮啊！」
排好隊的電線桿
像電的投手

把電接過來　傳出去
一個接一個
電的河流在城市上空
流過來　傳過去
路就亮了！家就亮了！
山上和海邊
就眨起了夜的小眼睛
心的馬路邊也有一排電線桿

心的電流
流過來　傳過去
正把我心底的悄悄話
祕密傳給你！

什麼？你沒收到？
啊　一定是我的電流不夠強
嗯　你心底的電線桿也要架起來喲！
這樣　心電感應才能把我們連起來哪——

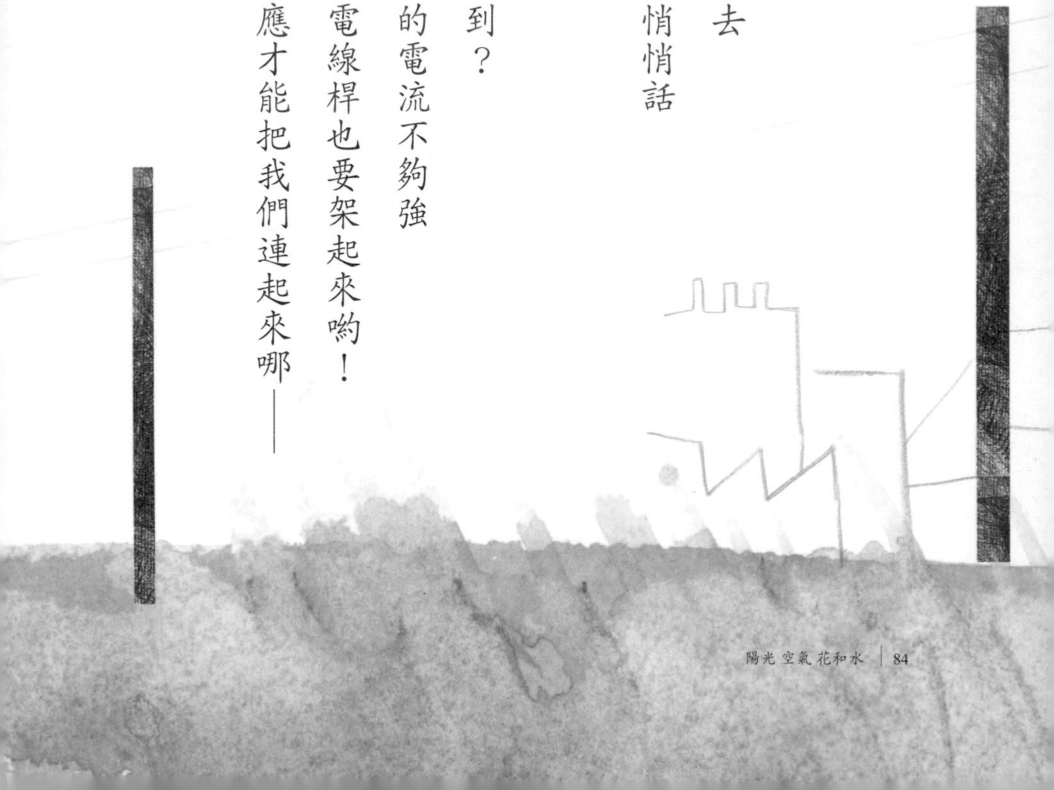

蛺蝶

那在花園裡徘徊
一眨一眨的
是誰遺落的眼神？

塞車時想到的事

人擠在車裡
車擠在路上
路擠在都市裡
都市擠在盆地裡
盆地擠在山裡
山擠在島上
島擠在海中
海擠在地球上

地球擠在宇宙……

噢不！宇宙一點兒也不擠
地球輕輕旋轉好輕鬆
海洋遼遼闊闊看不見邊
島嶼靜靜躺著真安詳
青山遠遠站著高又廣
盆地寬寬敞敞多自在
爲什麼都市這麼擠？

我在街角遇見一隻狗

我在街角遇見一隻狗
牠不知道我的名字
不知道車子叫車子
不知道斑馬線叫斑馬線
不知道紅綠燈叫紅綠燈
牠連過馬路都不會
我帶牠走到對街

牠高興得汪汪叫　對著街燈撒尿
我在前面跑
牠在後面追
我們經過公園
牠不知道公園叫公園
不知道「禁止遛狗」就是禁止狗進去
牠繞著公園外面跑了一圈
跑得舌頭「叭嗒，叭嗒」直滴口水
牠不知道舌頭叫舌頭
　口水叫口水

我輕輕摸摸牠的頭
牠開心得猛搖尾巴
雖然牠不知道這叫什麼

該回家了　我對牠擺擺手
牠不知道擺擺手就是再見的意思
還是嗚嗚叫　一直跟
我又擺擺手　叫牠不要跟
牠不懂
我蹲下來　假裝撿石頭
牠嚇一跳　逃得好快好快
遠遠的　牠停在街角　回頭望著我

好像懂　又好像不懂
今天是星期人　陽光很好
我在街角遇見一隻狗
牠不知道我的名字
不知道回家叫回家
不知道星期天叫星期大
我畫了一張牠的圖畫　貼在牆上
晚上　街燈照亮我的小窗
我才想到：
我也不知道牠的名字

都是冷氣惹的禍

夏天一到
滿街的房屋就開始喘氣
一間一間
喘出
一口一口
又濃又濁的熱氣
綠樹在街邊悶著頭想：
「奇怪，
夏天怎麼越來越熱？」

在小城　和屋瓦打招呼

傍晚　我從運動場跑步回來
沿著馬路旁的人行道慢慢走
汽車、機車叭叭叭的還在賽跑……
人行道像被嚇壞了的小路
坑坑疤疤　抖抖縮縮
中間還不時冒出一棵路樹
像爲自己壯膽似的那樣長著

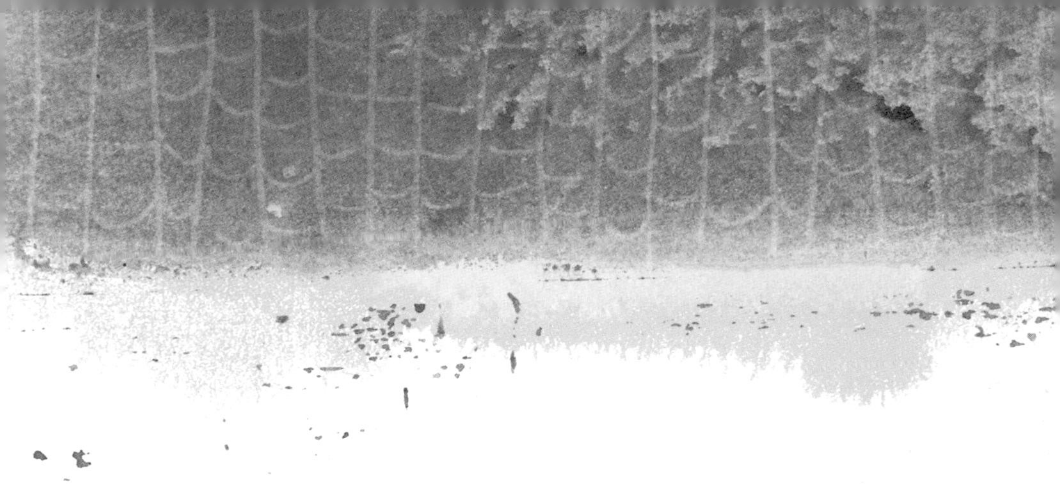

走著走著
「咚！」一聲
我的頭疼了一下　身體歪了一下
視線往下跌了一下
跟著我的視線一塊往下跌的
是一塊黑色的小屋瓦

我揉揉頭　回頭看
咦？是一棟身高沒我高
年齡比我大
好破舊　已廢棄了的
老房子

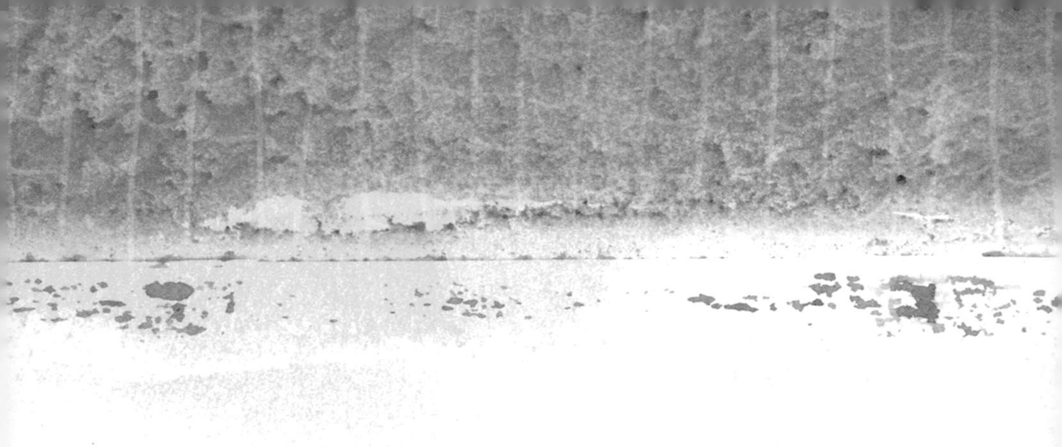

「啊，對不起，撞到您！」
我跟老房子道歉
繼續捂著頭　揉啊揉
一旁的汽車、機車仍然在
吼著　嚷著　趕著　呼嘯著……

看著漸漸亮起來的街燈
我忽然覺得有那麼一點兒
說不明白　沒什麼道理的
小小幸福感

啊　多麼幸運！

在這樣匆忙的小城
在這一條所有房子都急著長高的大街上
還能悠悠然　停下來
和一片屋瓦
這麼不期而遇的
碰碰頭

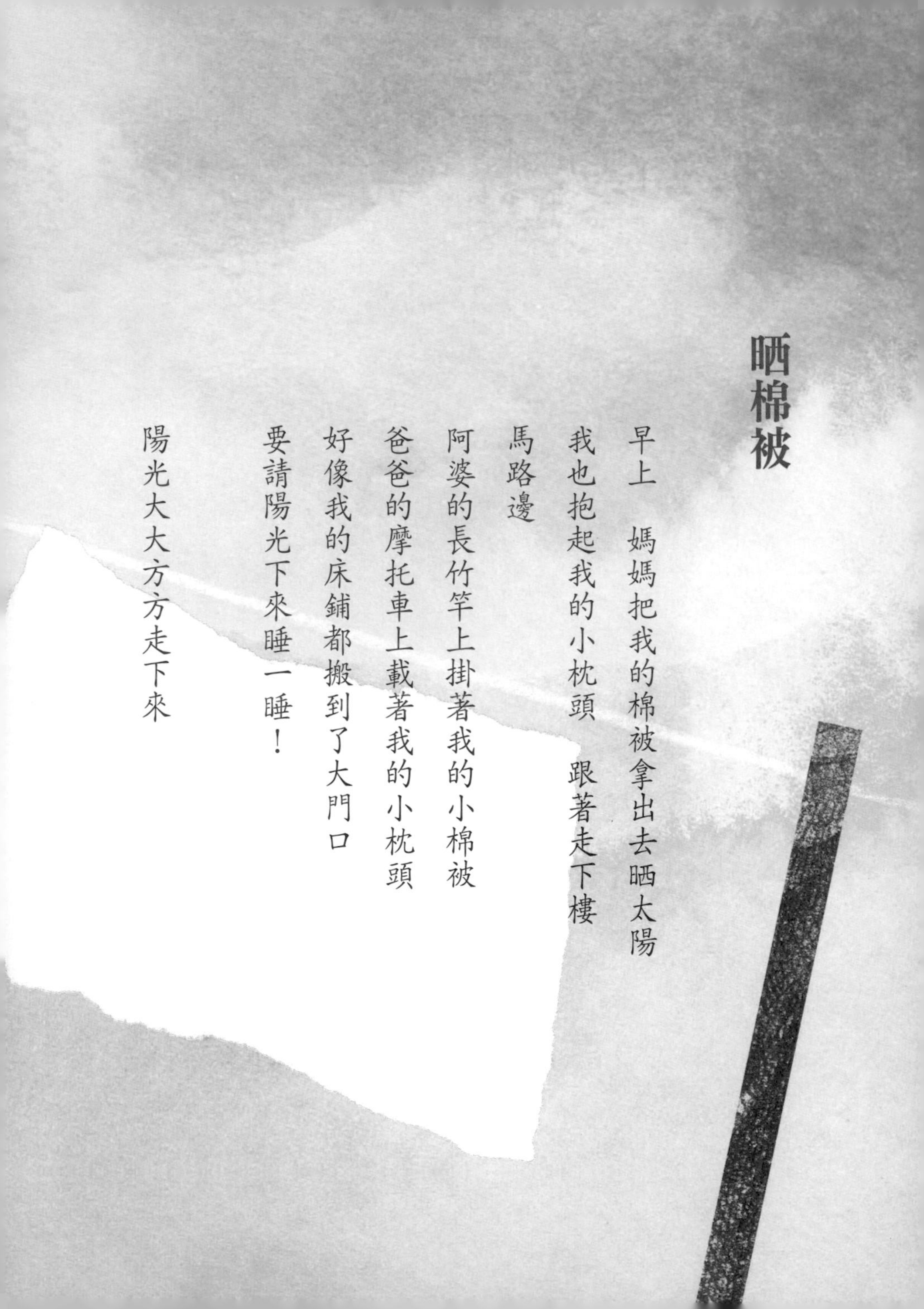

晒棉被

早上　媽媽把我的棉被拿出去晒太陽
我也抱起我的小枕頭　跟著走下樓
馬路邊
阿婆的長竹竿上掛著我的小棉被
爸爸的摩托車上載著我的小枕頭
好像我的床鋪都搬到了大門口
要請陽光下來睡一睡！
陽光大大方方走下來

睡著我的棉被
睡著我的枕頭
睡著我的頭髮
不一會兒
棉被熱起來
枕頭熱起來
我的頭髮也開始熱起來

我跑回屋子裡
看著棉被和枕頭在門口招呼客人
隔著紗窗

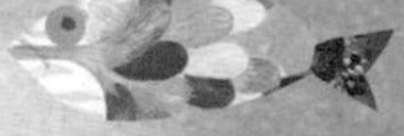

我看見風兒偷偷溜過來休息
灰塵也偷偷溜上去睡覺

四點鐘　要收棉被了
媽媽拿起雞毛撣子
「啪！」「啪！」「啪！」
叫灰塵起床
叫風兒回家
我也幫忙拍枕頭
撣啊撣　拍啊拍
「一二三！」「一二三！」

灰塵跑不見了
風兒跑不見了
我抱著熱呼呼的枕頭走上樓
好像抱著小太陽
晚上　我躺在被窩裡
嗯……好舒服！
陽光暖和和的把我包起來　軟軟的　香香的
還有一點兒天空的味道……
香香的陽光陪我一起睡覺
陪我一塊兒滑進溫溫柔柔的陽光海洋

我全身的毛細孔都搶著睜開眼睛
連腳指頭都暖洋洋的動起來　想唱歌
想變成魚　想變成鳥……遠遠的
遠遠的　我瞧見……
哇　夢好亮！

四　宇宙呼拉圈

地球保母

地球剛誕生的時候
宇宙安親班的老師好開心
搶著來看小寶寶
海怪首先來幫忙
地球上出現一片藍藍海

山精接著來換手
地球上出現海島與大陸
有山有海　地球圓嘟嘟
轉起身來　歪歪斜斜　好可愛

「我來當地球保母！」
「我來！」「我來！」……大家爭來搶去
「別吵！別吵！」上帝擺擺手：
「輪流說一說，你們能送地球什麼好禮物？」
彗星王說：「自轉快、公轉快、衛星多兩顆。」

上帝搖搖頭

流星女王說：「長方形、四角形，造型隨著四季變。」

上帝搖搖頭

獨角獸說：「神話、魔法和仙女棒。」

上帝搖搖頭

夢仙子說：「永遠做不完的好夢、甜夢和美夢。」

上帝搖搖頭

人類說：「陽光、空氣、花和水。」

上帝很高興　宣布人類得標

昨天
上帝路過地球
發現陽光底下全是防紫外線傘
馬路上人人戴著口罩
屋子裡開滿一朵一朵塑膠花
冰箱裡全是礦泉水

聽說
上帝有那麼一點兒後悔呢……

星星牧童

風姑娘送來夜的請柬　請螢火蟲當星星牧童
螢火蟲高高興興接過星星登記簿　仰起頭來認眞數

「一、二、三、四、五、六、七，
七顆星星在東邊樹上學我提燈籠。」
貓頭鷹咕咕咕咕飛過來：
「小心，小心，樹梢縫裡還藏著三顆星。」
「九八、九九……一百一……
一百九十九顆星星在西邊山頭眨眼睛。」

「我不算！我不算！」彩色的光點大聲喊：

「我是飛機，不是星星。」

飛機轟轟轟轟飛過山　十五顆流星偷偷跟著溜下山

「五百一、五百二……五百三十三……

七百七十七顆星星在南邊海上學游泳。」

海豚跳出海面幫忙數：

「這裡……這裡……這裡還有好多仰泳的小星星！」

「一千……兩千……三千三……

五千五百五十五顆星星在北邊樓房上玩躲貓貓。」

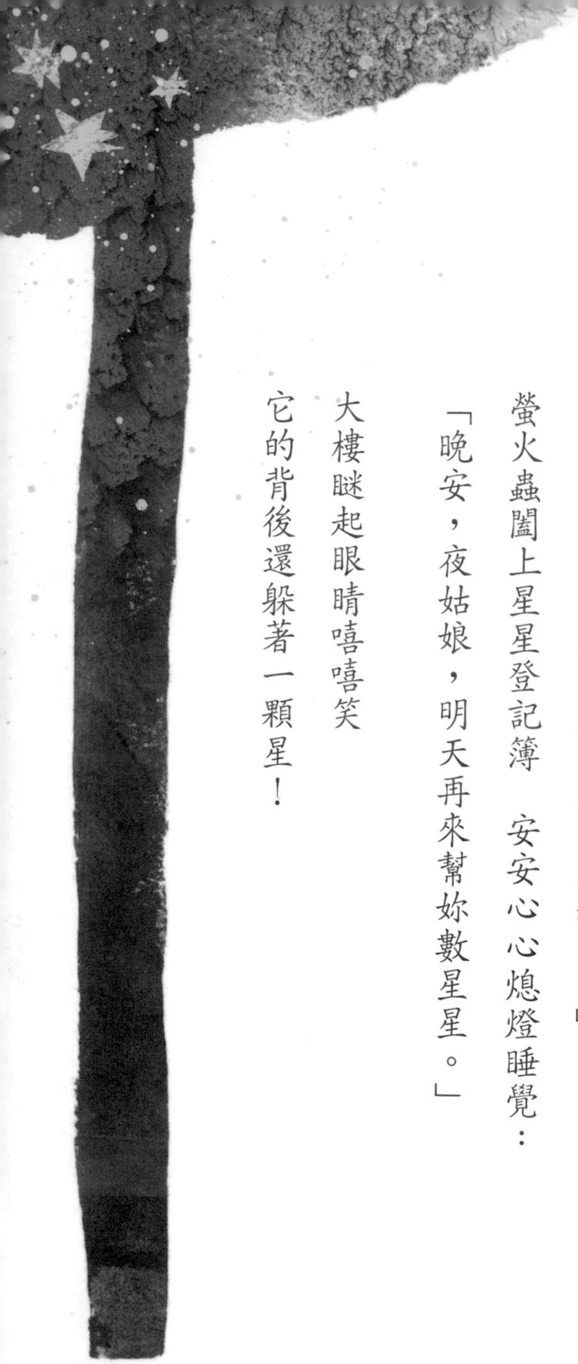

雲朵掀開衣角悄悄說：
「還有，還有，這兒還有七十七顆賴床的小星星。」
螢火蟲數啊數　從東數到西
螢火蟲數啊數　從南數到北
「不多不少，九千九百九十九顆星！」
螢火蟲闔上星星登記簿　安安心心熄燈睡覺：
「晚安，夜姑娘，明天再來幫妳數星星。」
大樓瞇起眼睛嘻嘻笑
它的背後還躲著一顆星！

星雲

誰在遠方爆玉米花？
閃亮亮　閃亮亮——
哇　生意那麼好啊！

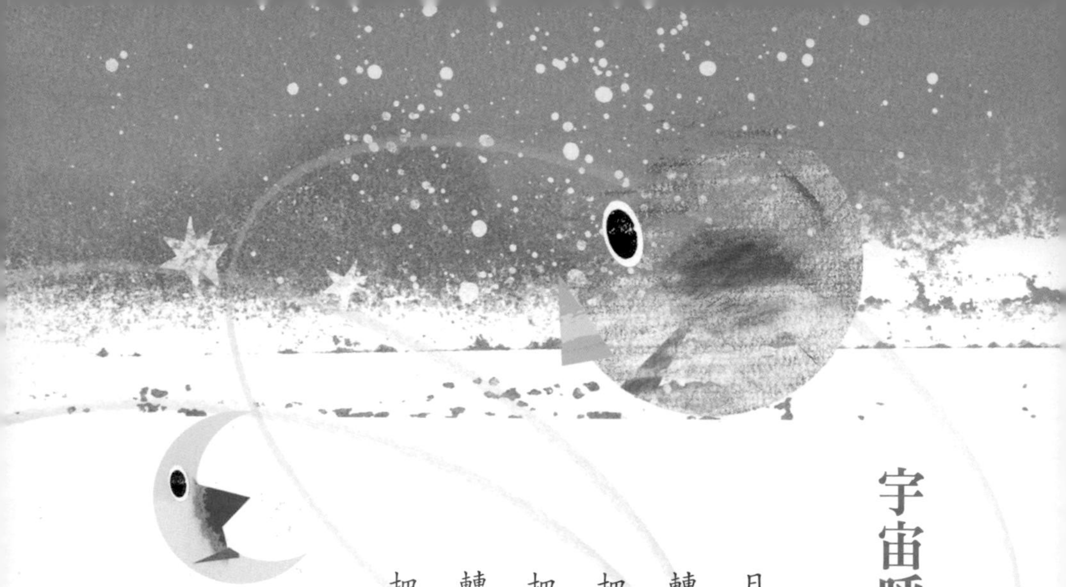

宇宙呼拉圈

月亮喜歡繞著地球玩呼拉圈
轉啊轉
把嫦娥轉到過去
把玉兔轉進故事
轉啊轉
把自己從老祖母的神話

轉進自然課的教室
地球喜歡繞著太陽玩呼拉圈
轉啊轉
把黃種人轉到東邊
把白種人轉到西邊
轉啊轉
把山頂洞人轉成新新人類
把木屋平房轉成高樓大廈
太陽喜歡繞著銀河玩呼拉圈
轉啊轉

把地球月亮轉成好朋友
把八大行星轉成兄弟姐妹
「來來來，手牽手，別跟丟
大家一塊來玩呼拉圈！」
大大小小的呼拉圈
你兜著我
我牽著你
跟著太陽轉啊轉
轉進宇宙的大圈圈
啊！滿天都是美麗的呼拉圈

地球的影子

躲在哪兒呢？地球的影子
黑黑的　落進了黑黑的宇宙……
站在地球上　不管怎麼努力瞧
也瞧不見呢！

好心的月亮
用它皎潔的身體　爲我們變出了魔法
於是　久久一次
夜空上　出現了神奇的投影

「仔細瞧喲！
地球的影子就要現身了……」
圓圓的滿月迎來了奇蹟
瞧　那暗暗的　一點一點遮住月亮的
不就是地球的影子嗎？

那是地球投在宇宙中
唯一的影子呢！

如果　沿著那黑黑的　圓圓的輪廓
往外畫出去……

是不是
就能畫出一圈　完整的地球影子？
月蝕的時候
我總是忍不住　想像這樣
找一找
那躲在宇宙中
藏起來的
地球的影子

宇宙媽媽

宇宙媽媽愛生小孩
生下大大小小的星雲
　遠遠近近的星河
　留長頭髮的彗星
　逃家的流星……
宇宙媽媽誰都愛
生啊生　生啊生
生出滿天的大星星　小星星

宇宙媽媽的肚子裡好熱鬧
好多小寶寶賴著不出來
宇宙媽媽也不急　耐心等　等啊等……
哇　她懷孕了九十多億年
才生下太陽
又吸了長長一口氣
才生下地球

「那我呢？」

「你啊！你這個小不點

宇宙媽媽更認眞　更有耐心

她整整懷孕了一百三十八億年

才生下你喲！」

哇　聽到天文老師這麼説

我抬起頭　望著天空

啊　那是大媽媽的臉龐呢！

宇宙媽媽　謝謝您！

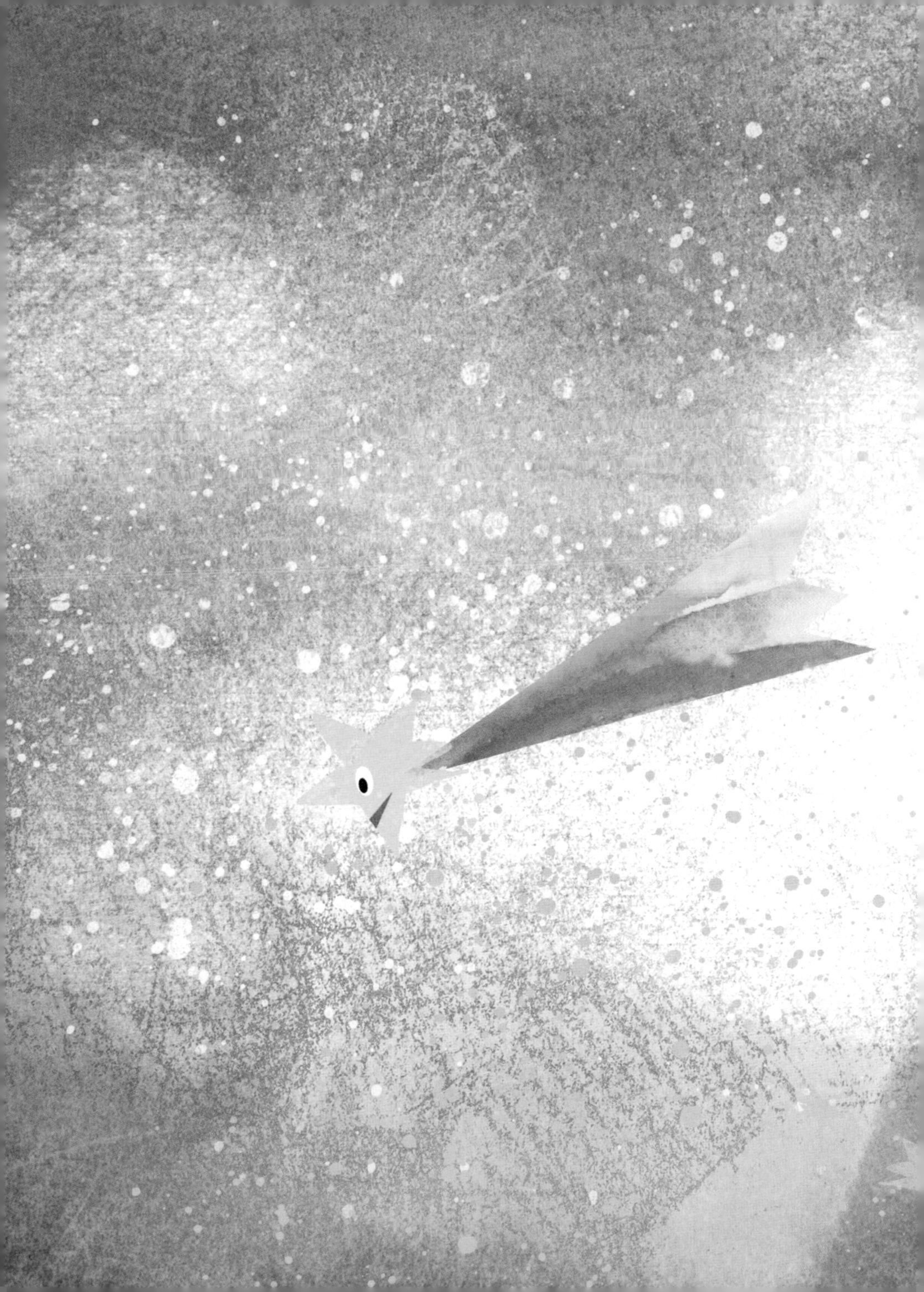

飄浮空中的海洋

在宇宙中
也有
像地球一樣的行星吧？
行星上
也有海洋吧？
那是
飄浮在宇宙中的海洋呢！

抬起頭
這麼想著……
整個天空
好像就變得
水潤潤的
「嘩啦嘩啦！」
還響起了歌唱一般
浪花的聲音……

闔上書　抬起頭
別忘了　還有一個更廣大的世界
等著你去閱讀
白天　看不見星星
但是陽光下
它們仍然在閃閃發光……

國家圖書館出版品預行編目資料

陽光 空氣 花和水 / 林世仁文 ; 唐唐圖. -- 初版. -- 臺北市 : 幼獅, 2018.12
面 ; 公分
ISBN 978-986-449-128-5（平裝）

859.8 107015969

・詩歌館001・

陽光 空氣 花和水

作　　者／林世仁
繪　　圖／唐　唐
封面、美術編輯・設計／唐　唐
出 版 者／幼獅文化事業股份有限公司
發 行 人／李鍾桂
總 經 理／王華金
總 編 輯／林碧琪
主　　編／林泊瑜
編　　輯／朱燕翔
總 公 司／10045臺北市重慶南路1段66-1號3樓
電　　話／(02) 2311-2832
傳　　真／(02) 2311-5368
郵政劃撥／00033368

印　　刷／錦龍印刷股份有限公司
定　　價／280元
港　　幣／93元
初　　版／2018.12
書　　號／983047

幼獅樂讀網
http://www.youth.com.tw
e-mail：customer@youth.com.tw
幼獅購物網
http://shopping.youth.com.tw

行政院新聞局核准登記證局版臺業字第0143號